爺爺家的老黃

文：關嘉利　圖：鄧斯慧

這裏是爺爺的家。

爺爺的家有一隻大狗。

我躲在爺爺後面，偷偷看牠。

爺爺笑着說：「不用怕，牠叫老黃，年紀跟你一樣大了！」

老黃歪着頭看我。
我踮着腳，慢慢地靠近一點兒。

老黃站了起來，抖抖鼻子，聞一聞我的氣味。
我向前湊近一瞧。

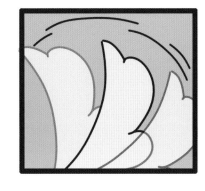

我伸出手，説：
「老黃，我叫小鵬。」

老黃伸出舌頭往我的臉上舔了舔。
我滿臉都是牠黏糊糊的口水。

「啊——」我大叫起來，使勁地抹臉，
追着老黃跑。

牠帶我跑過大街小巷。

牠帶我去看大海。

牠帶我跑到山上去探險。

牠還跟我玩捉迷藏。

我們一起看日落。

「一、二、三……」我數着天上的星星。
老黃挨着我，我挨着爺爺，聽爺爺說以前的故事。

這幾天，外面可熱鬧了！
咚咚鏘──咚咚鏘──
鑼鼓聲一浪接一浪地湧過來。
老黃害怕得「嗚嗚──嗚嗚」地叫起來。
我蹲下來，摀住牠的耳朵。

爺爺説：「你們看，飄色巡遊！」
哇！那些人長得好高啊！
「不用怕！有我呢！」我摸摸老黃的頭。
老黃眯着眼睛看我。

老黃顯得十分興奮，圍着我不斷繞圈。

我揉揉眼睛，啊——搶包山比賽開始了！

我和老黃一起助威吶喊！

「加油！」「汪汪！」「加油！」「汪汪！」

爺爺說，吃了平安包，就會平平安安，健健康康。

我把平安包掰成兩份，一半給爺爺，另一半給老黃。

老黃總是蹲在門口等我放學。
見到我的時候，牠飛奔過來撲向我，往我臉上一舔。

老黃躺在我旁邊，陪伴我做功課。

怎麼辦？怎麼辦？
有一天，老黃突然間不見了！

第二天早上，老黃趴在門口。

牠努力地想站起來，可是——

牠的腿受傷了，挪動了幾下又趴了下來，樣子十分痛苦……

「呼——呼——吹一吹就不痛了……」

我一邊哭，一邊向老黃流血的地方吹氣。

25

那天以後，老黃走起路來一拐一拐的，
沒有以前那麼快了。
我故意走得慢一點兒，等一等老黃。

後來，放學換着是我朝老黃奔跑過來了。

　　有一天，爺爺、爸爸和媽媽來接我放學。

　　爸爸媽媽說：「我們以後到外面的新學校上學去了⋯⋯」

　　他們牽着我，上了船。

這時，我看見老黃向着碼頭一路跑來。
我朝着牠大喊：「老黃！別跑！別跑了！」

船開了。老黃拼命地叫喊了幾聲。
我漸漸地聽不到牠的聲音了。
漸漸地，我也看不到牠的身影了。

再見了，我的老黃。

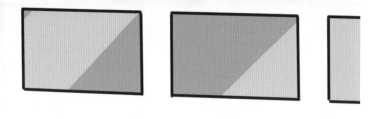

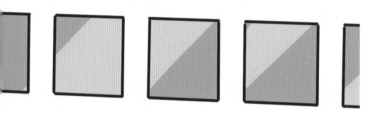

再見了，我的童年。

書　　名　爺爺家的老黃

作　　者　關嘉利

插　　圖　鄧斯慧

責任編輯　郭坤輝

美術編輯　郭志民

出　　版　小天地出版社（天地圖書附屬公司）
　　　　　香港黃竹坑道46號新興工業大廈11樓（總寫字樓）
　　　　　電話：2528 3671　　　　傳真：2865 2609
　　　　　香港灣仔莊士敦道30號地庫（門市部）
　　　　　電話：2865 0708　　　　傳真：2861 1541

印　　刷　亨泰印刷有限公司
　　　　　柴灣利眾街德景工業大廈10字樓
　　　　　電話：2896 3687　　　　傳真：2558 1902

發　　行　香港聯合書刊物流有限公司
　　　　　香港新界荃灣德士古道220-248號荃灣工業中心16樓
　　　　　電話：2150 2100　　　　傳真：2407 3062

出版日期　2021年7月初版‧香港